I0797326

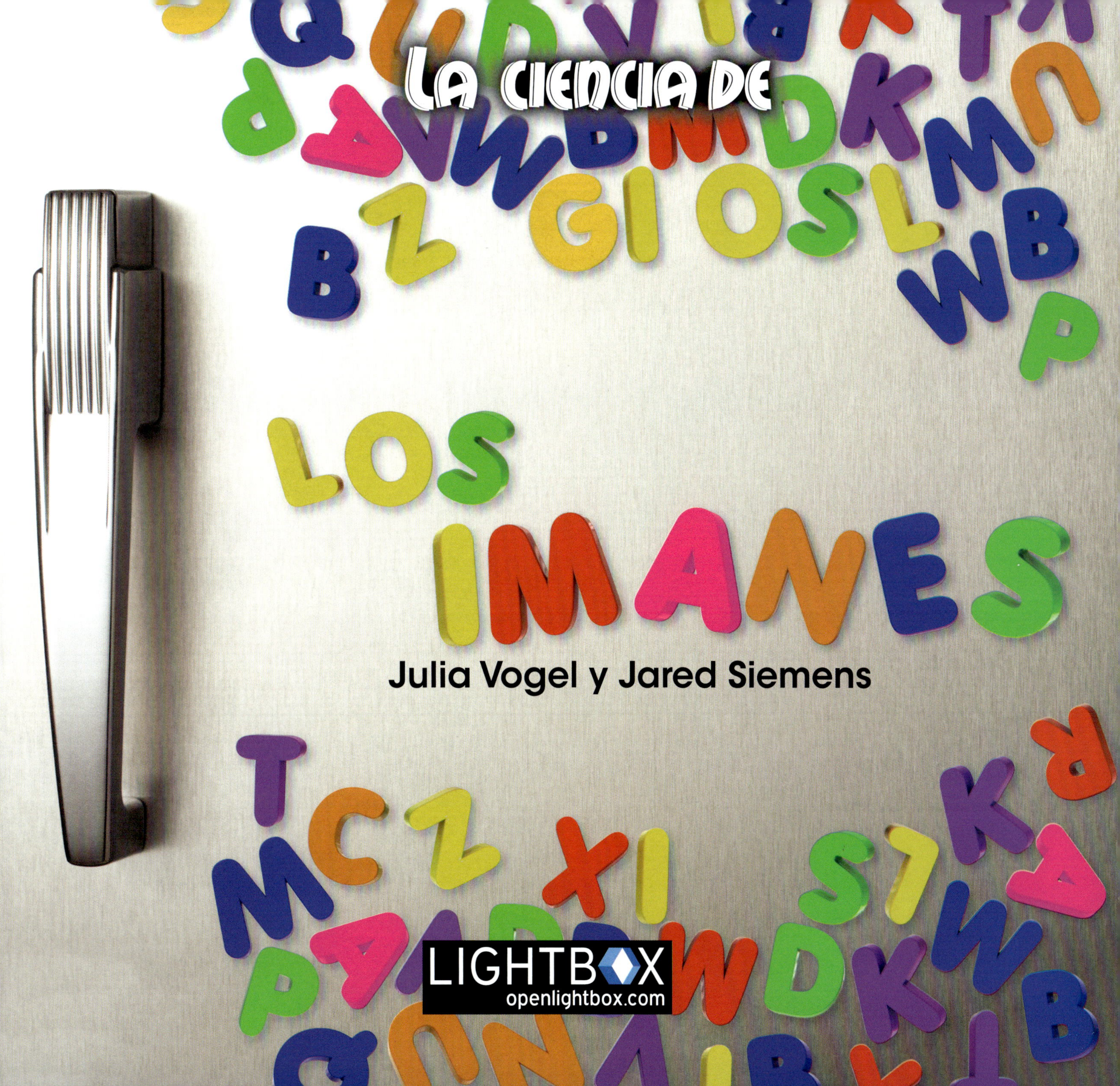
LA CIENCIA DE
LOS IMANES
Julia Vogel y Jared Siemens
LIGHTBOX
openlightbox.com

LIGHTBOX

Entre a **www.openlightbox.com** e ingrese el código único de este libro.

CÓDIGO DE ACCESO

LBXR6295

Lightbox es una completa solución digital para enseñar y aprender temas curriculares de una manera original e innovadora. Lightbox se basa en las Normas Curriculares Nacionales.

OPTIMIZADO PARA

- ✓ TABLETAS
- ✓ PIZARRAS ELECTRÓNICAS
- ✓ COMPUTADORAS
- ✓ ¡Y MUCHO MÁS!

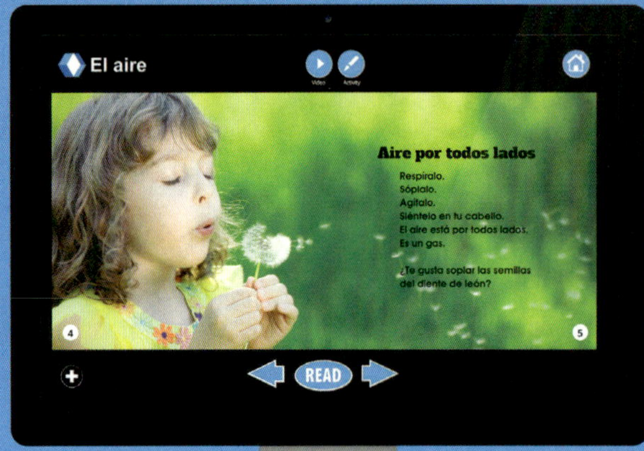

CARACTERÍSTICAS ESTÁNDAR DE LIGHTBOX

 **AUDIO** Narraciones de alta calidad con sistema de texto a voz

 **VIDEOS** Videoclips de alta definición incorporados

 **ACTIVIDADES** PDFs imprimibles que pueden enviarse por correo electrónico y calificarse

 **ENLACES WEB** Enlaces cuidadosamente seleccionados con recursos seguros para niños

 **PRESENTACIÓN EN DIAPOSITIVAS** Ilustraciones gráficas de los conceptos clave

 **MAPAS INTERACTIVOS** Mapas interactivos e imágenes satelitales aéreas

CUESTIONARIOS Diez preguntas de elección multiple con puntaje automático que se envían por correo electrónico al docente para su evaluación

 **PALABRAS CLAVE** Combinación de los conceptos clave con sus definiciones

VIDEOS

ENLACES WEB

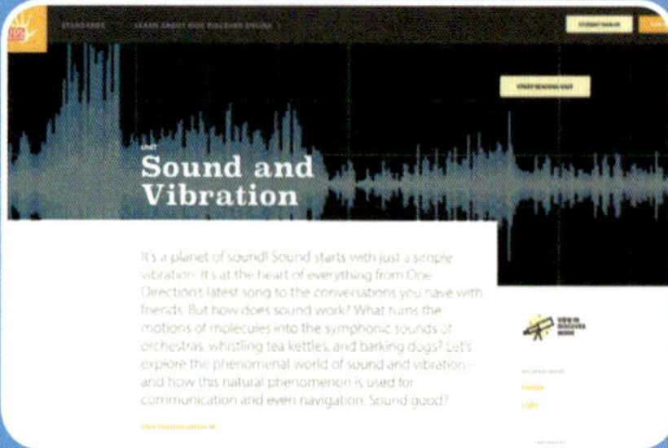

PRESENTACIÓN EN DIAPOSITIVAS

CUESTIONARIOS

La ciencia de LOS IMANES

CONTENIDOS

Una fuerza misteriosa 5

¿Se pegará? 6

El poder de los polos 16

Los imanes de todos los días 19

Datos sobre los imanes 22

4

Una fuerza misteriosa

No puedes verla.
No puedes oírla.
Puede atraer y repeler.
Está dentro de la Tierra.
En tu casa, está por todas partes.
¿Qué es esta fuerza misteriosa?
¡Es la fuerza de los imanes!

La fuerza de los imanes mantiene a las piezas de este juego unidas.

¿Se pegará?

Los clavos están hechos de hierro.
¿Se quedarán pegados al imán?
Las chinchetas y las agujas se adhieren
al imán, pero un trozo de cuerda no.

Ya sabes que los imanes se pegan al refrigerador. ¿Por qué? La puerta puede tener una delgada capa de color pero debajo hay metal. Los imanes atraen a ciertos tipos de metales. Generalmente, los imanes se adhieren al hierro. También pueden atraer a otros imanes.

Las monedas de 1 centavo no se adhieren a un imán. Tampoco el oro, ni el papel ni los lápices. Estas cosas no están hechas de hierro. No son magnéticas. El metal con el que están hechas las monedas no se adhiere a los imanes.

Las cosas de papel, plástico o madera no se adhieren a los imanes.

Los imanes pueden ser de diferentes tamaños y formas. ¿Cuál puede atraer la mayor cantidad de cosas? ¡Tal vez no sea el más grande! En los depósitos de chatarra, se usan imanes grandes como este.

Incluso los imanes pequeños pueden agarrar cosas a la distancia. Sostén un imán del refrigerador sobre un clip de papeles. ¡Puedes hacer que el clip salte! Estos clips se adhieren bien a este imán.

¿Qué pasa si mueves el clip al otro lado de la habitación? El truco no funciona. Alrededor de cada imán hay un espacio invisible.

Este espacio se llama campo magnético. El imán funciona solo dentro de su campo magnético. Los científicos imaginan un campo magnético como líneas que se enlazan desde un extremo del imán hasta el otro. Intenta poner un trozo de papel sobre un imán. Luego, rocía el papel con pedacitos de hierro. Los pedacitos de hierro se moverán formando líneas como estas.

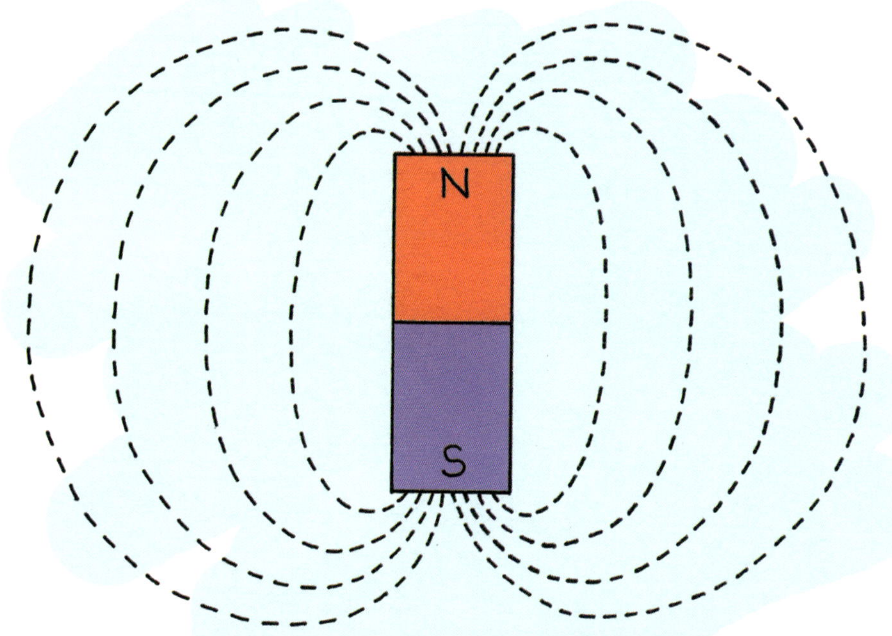

¿Cuál es el imán más grande de la Tierra?
¡La misma Tierra!

Puedes ver la fuerza de la Tierra. Cuelga un imán de una cuerda. Lentamente, el imán comienza a girar. Un extremo gira hacia el norte y el otro apunta al sur. La Tierra atrae al imán. Puedes usar una brújula para encontrar tu camino. La aguja de la brújula es un imán que siempre apunta al norte.

El poder de los polos

Los extremos de un imán tienen nombres especiales. El que apunta al norte de la Tierra se llama polo norte. El otro, es el polo sur. La fuerza del imán es mayor en sus polos. Los polos del imán se marcan con las letras N y S.

La estación Amundsen-Scott de la Antártida se encuentra en el polo sur de la Tierra.

Coloca dos barras de imán en fila, como si fueran vagones de tren. ¿Sus extremos se atraen? Si es así, entonces has unido el polo norte con el polo sur. Los polos opuestos se atraen. Los polos opuestos de dos imanes se atraen.

¿Y si se rechazan? Eso quiere decir que has unido un polo norte con otro polo norte, o un polo sur con otro polo sur. Los polos iguales se repelen. Hacen fuerza para separarse.

Los imanes de todos los días

¿Usaste una computadora hoy? ¿Hablaste por teléfono? Si lo hiciste, entonces estuviste usando el poder de los imanes. Los imanes son piezas importantes en muchas máquinas.

Muchos de los imanes son electroimanes. La electricidad los hace más fuertes. ¡Un electroimán potente puede levantar un auto! ¿Qué más pueden hacer los imanes? ¡Pruébalo tú mismo con imanes! La puerta de tu refrigerador seguramente estará revestida de plástico, pero aun así puedes usar un imán para sostener tus dibujos, ¿no es cierto? Eso es porque la fuerza de los imanes puede atravesar ciertos materiales. La fuerza magnética puede atravesar el vidrio, la tela, el aire, el plástico, el papel y el agua.

長久手温泉
ござらっせ

Datos sobre los imanes

Las **brújulas** magnéticas se usaron por primera vez en occidente en el año **1200**.

Las **palomas** tienen una especie de **imán** en el pico. Estos imanes sienten el **campo magnético de la Tierra** y ayudan a las palomas a encontrar su camino.

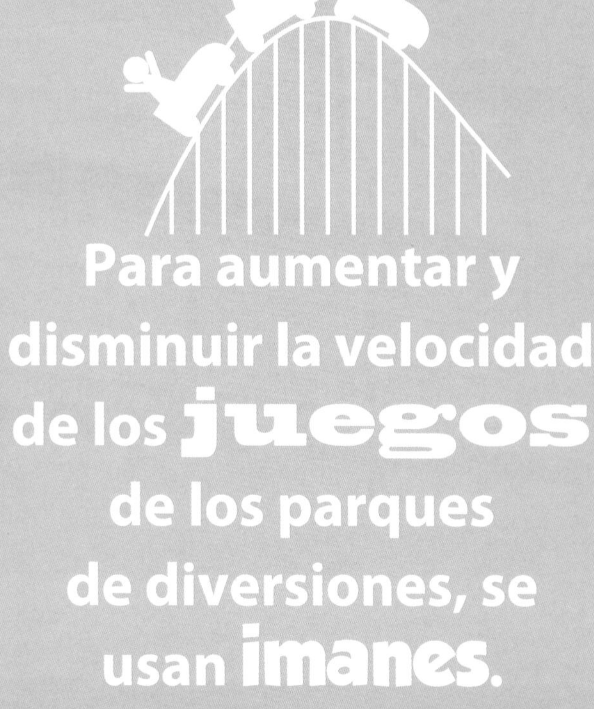

Para aumentar y disminuir la velocidad de los **juegos** de los parques de diversiones, se usan **imanes.**

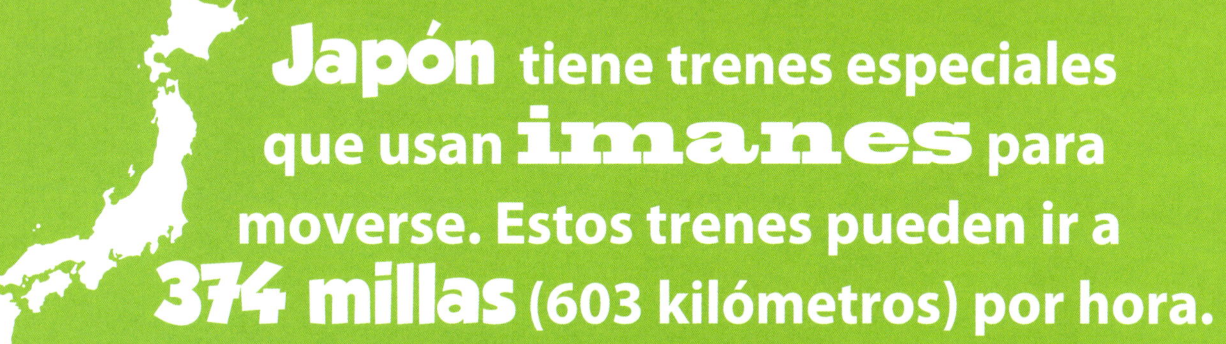

Japón tiene trenes especiales que usan **imanes** para moverse. Estos trenes pueden ir a **374 millas** (603 kilómetros) por hora.

Un **aparato de resonancia nuclear magnética** usa imanes para tomar imágenes del interior del cuerpo. Sus imanes son **1.000** veces **más fuertes** que los imanes del refrigerador.

El **imán más potente** del mundo se encuentra en el Laboratorio Nacional de Los Álamos, en Nuevo México. Es casi **50 veces más fuerte** que los imanes de los depósitos de chatarra.

Published by Smartbook Media Inc.
350 5th Avenue, 59th Floor New York, NY 10118
Website: www.openlightbox.com

Library of Congress Control Number: 2017961984

ISBN 978-1-5105-3438-4 (hardcover)
ISBN 978-1-5105-3439-1 (multi-user eBook)

Printed in the United States of America in Brainerd, Minnesota
1 2 3 4 5 6 7 8 9 0 22 21 20 19 18

022018
011518

Spanish Project coordinator: Sara Cucini
Spanish Editor: Translation Services USA
English Project coordinator: Jared Siemens
Designer: Ana María Vidal

Every reasonable effort has been made to trace ownership and to obtain permission to reprint copyright material. The publisher would be pleased to have any errors or omissions brought to its attention so that they may be corrected in subsequent printings.

The publisher acknowledges Alamy, Getty Images, iStock, and Shutterstock as its primary image suppliers for this title.